I0546984

RAPPORT

SUR

L'ÉPIDÉMIE DE VARIOLE

Qui a sévi dans le département de la Seine-Inférieure,

Et particulièrement sur sa marche dans la ville de Rouen
et ses environs,

DEPUIS MARS 1864 JUSQU'EN SEPTEMBRE 1865,

Suivi des

RÉSULTATS DES EXPÉRIENCES

D'INOCULATION ANIMALE,

PRÉSENTÉ

A M. le Baron ERNEST LEROY,

Sénateur-Préfet de la Seine-Inférieure,

Par M. le docteur VINGTRINIER, Médecin des Épidémies,

Chevalier de la Légion-d'Honneur.

ROUEN,

IMPRIMERIE DE H. BOISSEL, SUCC^r DE A. PÉRON,

Rue de la Vicomté, 55.

—

1866.

RAPPORT [1]

SUR

L'ÉPIDÉMIE DE VARIOLE

Qui a sévi dans le département de la Seine-Inférieure,

Et particulièrement sur sa marche dans la ville de Rouen
et ses environs,

DEPUIS MARS 1864 JUSQU'EN SEPTEMBRE 1865,

Suivi des

RÉSULTATS DES EXPÉRIENCES D'INOCULATION ANIMALE,

PRÉSENTÉ

A M. le Baron **ERNEST LEROY**,

Sénateur-Préfet de la Seine-Inférieure,

Par M. le docteur VINGTRINIER, Médecin des Épidémies,

Chevalier de la Légion-d'Honneur.

———————◇———————

MONSIEUR LE SÉNATEUR-PRÉFET,

L'épidémie de variole dont nous avons à rendre compte a été la plus grave, la plus longue que nous ayons rencontrée pendant notre carrière de médecin des épidémies.

Commençons par exposer le début de l'épidémie, les mesures préventives qu'on a employées pour la combattre, et établissons ensuite la statistique des cas de variole et des décès.

Pendant les premiers mois de 1864, des cas sporadiques

[1] Ce rapport a été lu au Conseil central d'hygiène qui en a ordonné l'impression parmi ses travaux de 1865 (séance du 5 mai 1866).

de variole furent observés sur différents points du département ; c'est en avril 1864 que le caractère épidémique de
la maladie s'est nettement accusé dans la ville de Rouen.

Déjà à l'Hospice-Général la variole avait atteint :

En janvier.	1	enfant,
En février.	2	—
En mars.	1	—

En avril on y comptait 6 cas nouveaux de variole.

Pour l'Hôtel-Dieu, l'état officiel que je dois à l'extrême
obligeance de M. Maupas, directeur, indique que les
premières atteintes du fléau datent du mois d'avril.

Les dames de Saint-Vincent-de-Paul, qui visitent les indi-
gents de la paroisse Saint-Vivien, signalaient plusieurs
malades frappés par la variole pendant le mois d'avril.

Cette maladie causait le premier décès à Oissel, le
8 avril.

Dès le mois de mai, l'attention de l'autorité supérieure
était vivement excitée. A la date du 27 mai, M. le Préfet
chargeait le président du bureau permanent du Comité de
vaccine, feu le Dr Desbois, de s'entendre avec le médecin
des épidémies sur les mesures préventives à prendre.

Aussitôt les vaccinations et les revaccinations furent
recommandées expressément ; du vaccin fut fourni par les
plus zélés vaccinateurs.

Le 5 juillet 1864, le Comité de vaccine, privé de son
président, ainsi que de plusieurs membres que la mort
avait enlevés, fut réorganisé. M. le Préfet crut utile d'y
admettre M. Verrier aîné, médecin vétérinaire départemental, déjà membre du Conseil central d'hygiène, prati-
cien distingué.

Ce qui frappa l'attention des populations et des médecins, dès le début de l'épidémie, c'est qu'un grand nombre de personnes vaccinées dans leur enfance étaient atteintes de la variole ; quelques-unes en mouraient. Aussi, le procédé ordinaire de vaccination fut-il mis aussitôt en défaveur par certains praticiens qui cherchèrent à trouver dans les procédés de vaccination animale, déjà préconisés dans ce département par M. Alfred Vy et par M. Chilhaud, un espoir qui leur échappait en présence des échecs de la vaccination faite, de bras à bras, avec du vaccin d'ancienne origine.

En même temps que nous trouvions là une source abondante de vaccin, nous rendions la confiance au corps médical, nous secondions les vues de l'administration en rassurant les populations effrayées. Enfin la science gagnait quelque chose à la mise en œuvre de procédés qu'on ne connaissait qu'imparfaitement.

D'ailleurs à la date du 24 octobre 1864, au moment où l'épidémie sévissait avec le plus de violence dans la ville de Rouen, le médecin des épidémies écrivait à M. le Dr Grout, président de la Société de médecine, pour l'inviter à provoquer des conférences hebdomadaires entre tous les médecins de la ville et des environs. Neuf conférences très intéressantes ont eu lieu dans la salle des séances de la Société de médecine. Les faits ont été étudiés, les théories discutées avec attention.

Or, de la discussion il est résulté que deux opinions se sont dessinées très nettement ; les uns pensaient que le vaccin n'avait pas dégénéré en passant par des milliers d'organismes humains ; les autres croyaient, au contraire, que le vaccin avait dégénéré et qu'il fallait recourir à la recherche active du cowpox spontané, ou au moins à la révivification du vaccin, en le rendant par inoculation à la vache, pour l'y reprendre et le reporter sur l'homme.

En présence de deux opinions également respectables et consciencieuses, le devoir du Comité de vaccine était d'en tenir compte et d'organiser des expériences sérieuses de vaccination animale, en même temps qu'on donnait une nouvelle impulsion aux revaccinations par le procédé ordinaire.

Le bureau permanent du Comité de vaccine tenait à l'Hôtel-de-Ville des séances hebdomadaires annoncées dans les journaux. La première fut présidée par le Maire de Rouen, M. Verdrel, le 7 décembre 1864. Les vaccinations et les revaccinations publiques furent pratiquées, dès ce jour, avec un nouveau zèle.

C'est dans ces séances publiques de vaccinations par tous les procédés et notamment par les procédés de vaccination animale, qu'a été préparée la solution de problèmes que l'avenir seul pourra résoudre. C'est au temps à nous dire lesquels résisteront le mieux aux épidémies futures de variole, des sujets inoculés avec le vaccin provenant de la source napolitaine, dite de cowpox, ou de ceux vaccinés selon la méthode préconisée par M. Alfred Vy depuis quinze ans, ou de ceux vaccinés selon la méthode ordinaire.

Notons, en passant, qu'en même temps qu'on pratiquait des vaccinations et des revaccinations publiques et gratuites, des recommandations pressantes étaient adressées par M. l'Inspecteur de l'Académie à tous les directeurs d'établissements d'éducation, pour qu'on veillât à la vaccination des enfants.

Chaque médecin recommandait à ses clients la pratique des revaccinations, sur l'utilité de laquelle les avis sont unanimes.

Pour connaître le nombre des individus atteints par le fléau, M. le Préfet a eu l'heureuse idée de donner mission à MM. les commissaires de police d'envoyer, chaque semaine, chez les médecins de leur section, un bulletin uniformément préparé, avec prière d'inscrire le nombre des cas nouveaux et de donner l'indication du sexe, de l'âge des sujets, de la date de leur vaccination.

Grâce à cette mesure, le chiffre des cas de variole que nous avons recueilli, doit approcher de la vérité.

Nous sommes heureux de dire que M. Girard, le commissaire central, et MM. les commissaires de police ont mis une grande exactitude à poursuivre cette enquête et une grande obligeance à fournir au médecin des épidémies tous les renseignements désirables.

La marche ascendante et descendante de l'épidémie ne s'est liée à aucun phénomène météorologique qui puisse nous expliquer les progrès et le retrait d'un mal qui a sévi pendant des saisons différentes, par des températures opposées, et qui a choisi ses victimes dans toutes les classes de la société.

La partie orientale de la ville, séparée de l'autre par la rue Impériale, est habitée par une population peu aisée et en grande partie indigente; elle a fourni trois fois plus de décès que la partie occidentale, la population étant à peu près en nombre égal des deux côtés.

Nous avons à noter que l'épidémie de variole avait réellement suspendu sa marche en juillet 1865, lorsqu'en octobre de la même année elle a reparu çà et là pour faire encore quelques victimes; mais la variole n'avait plus à vrai dire le cachet épidémique.

La complication scorbutique a marqué l'épidémie; la variole se compliquait d'hémorrhagie, de pourpre hémorrhagique; généralement cette complication a été mortelle.

En résumé, nous portons à 4,000 le nombre des sujets

frappés de la variole ; la mortalité a été de 1/8 , mais les 3/4 des décès se rapportent à des sujets non vaccinés.

L'épidémie a frappé les enfants en moins grand nombre que les adultes.

Ainsi, sur la population de la ville de Rouen que le dernier recensement porte à 102,649 habitants, on compte 13,327 individus au dessous de l'âge de dix ans et 89,322 au-dessus de l'âge de dix ans.

Sur les 13,327 enfants, 1,620 ont été frappés ; sur les 89,322 individus âgés de plus dix ans, il n'y en a eu que 2,028 d'atteints.

L'épidémie a atteint un très grand nombre de sujets vaccinés, tandis que, dans les épidémies antérieures, les sujets vaccinés n'ont été atteints qu'exceptionnellement.

Un fait que nous avons remarqué dans cette épidémie de 1864-65 et qui n'est pas exceptionnel, c'est qu'au milieu du foyer général, il s'est formé des foyers partiels qui ont duré un temps déterminé, sans qu'on puisse expliquer clairement comment ils ont commencé, ni surtout comment ils ont cessé.

Ainsi la prison départementale, dite de Bonne-Nouvelle, est complètement isolée dans l'un des faubourgs de Rouen, sur la rive gauche de la Seine ; elle est dans une situation de salubrité parfaite.

La population de la prison varie de 600 à 700 personnes ; mais ce qui la distingue de la population des maisons centrales, c'est qu'elle est continuellement renouvelée par l'admission et la sortie, chaque jour, de quelques prisonniers.

Néanmoins, la variole n'a paru dans cette prison que le 10 août. Une femme condamnée à quelques jours de

détention entra avec son enfant âgé de 15 mois, convales-
cent d'une variole des plus légères et des plus bénignes
(cet enfant n'avait pas été vacciné). Bientôt plusieurs
femmes de l'infirmerie furent prises de variole. Le premier homme ne fut atteint que le 8 septembre.

Voici la marche de l'épidémie dans la prison :

	HOMMES.	FEMMES.
Août.	»	6
Septembre..	7	5
Octobre	17	5
Novembre	55	1
Décembre.	6	1
	85	18

Total. . . . . 103.

Il y a eu sur 103 cas, 12 décès.

Le fait de l'extinction de ce foyer local en décembre, au
moment où le grand foyer continuait ses ravages dans la
ville, est remarquable ; et, ce qui ne l'est pas moins, c'est
que depuis ce mois de décembre, trois prisonniers venus
d'Elbeuf et de Rouen, ont été pris de variole et n'ont pas
rallumé le foyer, ni du côté des hommes, ni du côté des
femmes.

Il n'est pas besoin de dire que les plus actives mesures
hygiéniques ont été adoptées par l'administration ; les
soins aux malades ont été donnés avec un grand zèle par
des infirmiers choisis parmi les détenus, et M. le Préfet
les en a récompensés par des gratifications ; c'était bien
mérité, car la vue seule des malades réunis était bien re-
poussante, l'odorat était péniblement affecté et tous les
soins de propreté étaient difficiles à donner. Il y a en

jusqu'à 50 malades à la fois dans ce piteux état. Quel tableau !

La plus importante des mesures que nous ayons proposée, et qui a été acceptée à la fois par l'autorité judiciaire et par l'autorité administrative, fut la mise en liberté d'un certain nombre de prisonniers et la suspension des arrestations pour exécution de jugements correctionnels. Pareille mesure avait été prise à Rouen et à Paris pendant l'épidémie de choléra de 1832 ; 63 condamnés avaient été mis en liberté le 28 avril 1832, à Rouen.

L'Asile des femmes aliénées, nommé Saint-Yon, est placé à peu de distance de la prison. L'épidémie commença à sévir le 24 octobre 1864 et finit le 21 mars 1865 , ce qui fait cinq mois de durée. Là , comme à la prison , l'épidémie prit fin pendant que le fléau continuait à s'attaquer à la population voisine.

Sur 1,000 femmes environ, le nombre des malades a été de 111 et celui des décès de 20.

M. le Dr Morel, médecin en chef, et M. le Dr Laurent son adjoint, ont eu l'obligeance de me donner ces chiffres.

L'Asile des hommes aliénés, dit de *Quatre-Mares*, est situé loin de la ville ; il est entièrement isolé ; sa population (plus de 600 hommes) a pu profiter de cette favorable situation ainsi que des excellentes dispositions hygiéniques de l'asile ; on y a compté 34 cas de variole et 4 décès ; le foyer épidémique s'est formé dans les premiers jours de janvier et il a disparu dans le cours du troisième mois.

M. le Dr Broc, médecin-adjoint plein de zèle, s'est livré, sur tous les habitants de l'Asile à des expériences de vaccination avec divers virus :

1° Avec le vaccin ordinaire ;

2° Avec le vaccin préalablement inoculé à des génisses ;

3º Avec le horse-pox, et avec du vaccin produit sur l'homme par le horse-pox ;

4º Avec du vaccin de revaccination.

MM. Dumesnil et Broc ont ainsi pratiqué 620 vaccinations dont voici les résultats intéressants : 259 vaccines légitimes (les revaccinés entrent pour un grand nombre dans ce chiffre), 119 vaccines faussés, 242 résultats négatifs.

M. le Dr Dumesnil, médecin-directeur de l'Asile, avait invité M. Verrier, vétérinaire, membre du Comité de vaccine, à venir inoculer aux vaches de l'établissement le vaccin humain, et il a fourni le produit de ces inoculations au Comité de vaccine, qui l'a propagé par les vaccinations gratuites de la Mairie.

Il est inutile d'ajouter que dans tous les foyers circonscrits, comme à *Quatre-Mares*, on a tenté d'atténuer le fléau, en prodiguant les vaccinations et les revaccinations sur la population enfermée et sur celle d'alentour; on doit croire que, sans ce soin, le mal eût été bien plus grand. Qui oserait le nier?

Cependant, puisqu'il faut tout observer en médecine et tout dire, nous citerons un fait qui peut laisser l'esprit en suspens : en septembre, l'épidémie sévissait dans les rues voisines d'une Communauté qui s'adonne à l'éducation; dans ce couvent, un grand bâtiment est affecté aux religieuses, un autre aux pensionnaires, un vaste jardin les sépare; vers le 15 septembre, la plus jeune des religieuses est prise de *varicelle;* une cinquantaine de pustules se disséminent sur tout le corps; la malade fut bientôt rétablie et le régime alimentaire de la maison lui fut conservé ; mais on crut devoir la séquestrer dans sa cellule pendant un mois; elle n'en était pas sortie et n'avait vu d'autres personnes que la sœur converse de service et la supérieure, lorsqu'une seconde religieuse âgée de trente ans fut prise d'une variole bénigne; celle-ci fut encore séquestrée; on craignait pour le pensionnat. La première des deux malades n'était pas rendue à la liberté, que deux autres religieuses, l'une de quarante-cinq ans, l'autre de cinquante-huit, furent prises de variole *confluente;* admises toutes deux à l'infirmerie, elles n'en sortirent qu'après trois mois de séjour.

L'épidémie s'est bornée à cela dans une agglomération de 200 personnes.

Si nous avions revacciné les 196 autres, nous croirions aujourd'hui avoir triomphé du fléau, tandis que pas une seule des religieuses ni des pensionnaires n'a voulu être revaccinée.

Qui donc a manqué ici, ou de l'élément morbide, ou des sujets?

ENQUÊTE DE ROUEN.

En résumant les enquêtes hebdomadaires par les chiffres indiqués au 1er de chaque mois, on trouve :

	Total des cas.	Hommes.	Femmes.	Enfants.	Décès.
Au 1er Novembre.	1,137	283	309	549	132
— Décembre.	2,161	509	398	1,054	235
— Janvier. .	2,463	590	701	1,172	258
— Février. .	2,900	688	927	1,285	323
— Mars. . .	3,176	752	1,035	1,389	375
— Avril. . .	3,379	799	1,092	1,488	409
— Mai. . . .	3,553	834	1,140	1,579	436
— Juin. . .	3,617	855	1,162	1,610	460
— Juillet. . .	3,649	858	1,170	1,620	469

La population de la ville étant de 103,000, soit environ 90,000 adultes et 13,000 enfants au-dessous de dix ans.

A Oissel, notre rapport du 22 mai constatait 16 cas et 6 décès (3 décès sur 11 vaccinés, 3 autres sur 5 non vaccinés); quelques semaines d'arrêt ont suivi cette date, puis le foyer s'est rallumé malgré les vaccinations et les revaccinations, qui ont été prodiguées par deux zélés confrères, MM. Vautier et Levasseur; en somme, d'avril 1864 à février 1865 (10 mois), on a compté à Oissel 175 cas de variole, et 29 décès dont les adultes ont fourni le plus grand nombre : 10 du sexe masculin, 9 du sexe féminin.

A Caudebec-en-Caux, on a compté en trois mois (juin, juillet, août), 180 cas et 20 décès; le plus grand nombre des décès appartient aux sujets non vaccinés, comme l'a noté avec soin M le Dr Guerout (dont la femme a été très malade).

Au Havre, le fléau a sévi depuis septembre 1864 jusqu'en août 1865.

M. le Dr Maire, observateur habile et rigoureux, rapporte le premier fait connu à un garçon boulanger arrivant malade de la commune d'Oissel; ses cinq frères et sœurs qui, hormis un seul, n'avaient pas été vaccinés, furent contaminés. C'est de ce petit foyer que le fléau s'étendit sur la ville.

La statistique mortuaire du Havre prouve encore l'influence heureuse de la vaccine. M. le Dr Maire a observé dans l'hospice 100 cas, tant varioles que varioloïdes et 18 décès; 16 de ces décès ont eu lieu parmi les sujets non vaccinés.

En ville on a compté 400 varioles complètes ou modi-
fiées et 45 décès.

En tout 500 varioleux et 63 décès ou 1/8°.

A Elbeuf, l'épidémie ne s'est développée que vers la
fin de juin, quoique cette ville soit très rapprochée du
bourg si maltraité d'Oissel, avec lequel ses rapports in-
dustriels sont de tous les jours ; elle a duré six mois.

Suivie dans tout le canton, avec la plus sérieuse attention, par M. le Dr Alfred Vy, d'Elbeuf ; l'épidémie a fourni
les totaux suivants : 630 varioleux, dont 201 hommes,
205 femmes, 224 enfants. Ces 630 cas ont amené
123 décès (35 hommes, 30 femmes, 58 enfants).

Nulle part la vaccination n'a été plus pratiquée qu'à
Elbeuf et dans son canton, par tous les médecins et surtout par M. le Dr Alfred Vy. Ce zélé vaccinateur a muni ses
confrères et le Comité de vaccine d'une grande quantité
de vaccin qu'il croit régénéré par ses inoculations successives sur la génisse.

Nous parlerons bientôt de ces expériences d'inoculation,
dans lesquelles il a été souvent aidé par M. Félizet, vétérinaire très distingué de notre département, demeurant à
Elbeuf.

Des expériences d'inoculation ; motifs, utilité, résultats de ces expériences.

Il nous reste à parler maintenant d'expériences qui ont
été entreprises sous nos yeux et dont nous avons pris
l'initiative. Ces expériences ont trait à la vaccination animale.

Nous avons déjà laissé entrevoir les motifs qui nous ont engagé à tenter les expériences de vaccination animale. Plusieurs épidémies de variole ont démontré que les personnes vaccinées peuvent néanmoins être frappées de la variole; en outre, les sources du vaccin ne peuvent être trop abondantes; s'il s'en présente de nouvelles il faut les recueillir, surtout si ces sources nouvelles peuvent être assurément exemptes de tout soupçon de mélange avec le virus syphilitique. En effet, les faits de transmission de la syphilis par la vaccination pratiquée au moyen des pustules d'enfants malheureusement infestés de syphilis; sont aujourd'hui incontestables.

Aussi, dans notre premier rapport sur l'épidémie, en date du 10 novembre 1864, adressé à M. le Sénateur-Préfet, nous avons signalé l'utilité et l'opportunité de reporter le vaccin sur la génisse, dans l'espoir de le *revivifier*, de le *purifier*. Nous demandions en même temps à M. le Sénateur-Préfet de pourvoir aux dépenses nécessitées par les expérimentations nouvelles.

L'encouragement suivait la demande. M. le Préfet me faisait l'honneur de m'écrire à la date du 1er décembre : « En ce qui concerne les expériences pour la régénéra- « tion du vaccin, j'y applaudis de grand cœur; je vous « autorise volontiers à y affecter la somme qui vous paraît « nécessaire. »

A la date du 9 décembre 1864, M. le Préfet écrivait : « Je me suis également préoccupé des moyens d'avoir « une quantité suffisante de vaccin régénéré sur la « vache.

« Les divers établissements hospitaliers de Rouen ayant « un certain nombre de vaches, je viens de prier MM. les « directeurs de les mettre à la disposition du Comité de

« vaccine, pour faire les expériences de régénération du
« vaccin , déjà tentées avec succès ailleurs.

Appréciant l'importance et la difficulté du nouveau sujet
d'études, M. le Préfet, pour faciliter la pratique des opé-
rations sur les animaux, nommait membre du Comité de
vaccine un vétérinaire habile , M. Verrier aîné.

A Lyon, une Commission de la Société des Sciences
médicales, composée de médecins et de vétérinaires, a dit
dans son rapport, *voir* le *Journal vétérinaire* et la
Gazette médicale de Lyon , du 1er juin 1865 :

« Aujourd'hui , ce ne sont plus des inquiétudes isolées
« qui se manifestent sur la vertu prophylactique du vaccin,
« de toutes parts sortent des cris d'alarme; on voit se
« multiplier les épidémies varioleuses dans lesquelles vac-
« cinés et non vaccinés sont pris indifféremment , et la
« prétendue dégénération du vaccin est plus que jamais à
« l'ordre du jour. Votre Commission en sait quelque chose
« par les demandes de cowpox qui lui ont été faites en
« dehors de Lyon et dont la plupart étaient motivées de la
« même manière : Notre vaccin a dégénéré, nos vaccinés
« prennent la petite vérole.

« Pensez-vous, ajoute le rapporteur, qu'en présence de
« cette situation il soit sage de demeurer inactif? n'est-il
« pas convenable d'essayer d'y remédier, de chercher à
« rendre plus complets les bienfaits de la découverte de
« Jenner? »

A Rouen, ce sont les mêmes motifs qui nous ont
guidé, et nous avons vu avec peine qu'on nous a accusé
de compromettre la vaccine, comme si déjà les faits ne
l'avaient pas sérieusement compromise, et de faire des
expériences avec légèreté et sans utilité.

Est-ce que déjà depuis plusieurs années les rapports de

l'Académie de médecine ne signalaient pas hautement la trop fréquente insuffisance de la vaccine pour préserver l'humanité de la variole? (*Lire* les rapports de MM. Kergaradec et Jolly et la *Gazette médicale de Lyon*, du 13 décembre 1864.)

Est-ce que l'Académie impériale de Médecine de Paris n'avait pas mis à l'ordre du jour cette question très-grave de la possibilité de la transmission de la syphilis par le vaccin provenant d'un enfant syphilitique?

Si la syphilis ne peut être inoculée à la génisse et que le vaccin de l'enfant puisse seul lui être inoculé, ainsi que les tentatives infructueuses d'inoculation de la syphilis aux animaux semblent l'établir, on peut espérer que les pustules développées sur cette génisse seront pures, en même temps que le vaccin qui en proviendra sera plus actif.

Depuis l'époque de la découverte de Jenner, on a du reste toujours cherché avec le plus grand soin le cowpox spontané, comme si on avait le pressentiment qu'il valait toujours mieux recueillir le vaccin à sa source.

Malheureusement, ce cowpox spontané n'est pas commun. En 1839, M. le Dr Hellis, de Rouen, reçut une médaille d'or de l'Académie pour avoir reconnu sur les mains d'une laitière des pustules provenant directement de l'inoculation du cowpox contracté par elle en trayant une vache.

Depuis cette époque, pareil fait n'a pas été recueilli avec garanties suffisantes dans notre département.

C'est donc déjà un bienfait qui supplée à la rareté du cowpox spontané, que de reporter le vaccin de l'enfant sur la génisse pour le revivifier, ou de transmettre le cowpox spontané, une première fois découvert, à d'autres génisses qui sont vaccinées successivement de sept en sept jours sans interruption.

Les expériences de vaccination animale étaient donc justifiées ; elles étaient opportunes.

Ainsi le comprirent les membres du bureau permanent du Comité de vaccine, en s'empressant d'assister à un grand nombre d'expériences faites par M. Alfred Vy, d'Elbeuf, par M. Chilhaud, du Mesnil-Esnard, par M. Verrier, vétérinaire, qui tous trois s'occupèrent très activement d'inoculer le vaccin des enfants aux génisses pour l'y revivifier et pour en obtenir des sources abondantes. Le Dr Marquezy, de Neufchâtel, s'est aussi distingué dans ce genre d'expérimentation ; il a réussi sur une cinquantaine d'animaux. Nous devons citer aussi M. Fortin, à Canteleu ; M. Dumesnil, à Quatre-Mares ; M. Hélot, à l'Hospice-Général, de Rouen.

Les membres du bureau permanent du Comité de vaccine furent d'un avis unanime pour envoyer une circulaire à tous les vaccinateurs du département, dans laquelle il est dit (30 septembre 1864) :

« § III. — La proposition d'introduire l'usage du vaccin « inoculé sur une génisse, a été de nouveau présentée au « Comité central, et des expériences dignes d'attention « rendent très sérieuse cette proposition ; c'est pourquoi « Messieurs les vaccinateurs sont instamment priés de « répéter ces expériences et de donner leur avis au « Comité, qui leur en saura bon gré et leur en tiendra bon « compte.   (*Suit la description du procédé.*)

Et la circulaire ajoute :

« La vaccine reproduite de génisse à enfant est exacte- « ment la même que celle d'enfant à enfant, et les repro-

« ductions successives n'offrent aucune différence à
« observer ; conséquemment on' ne risque absolument
« rien en adoptant la méthode proposée.

« La théorie des partisans de ce moyen serait que la
« vertu préservatrice du virus-vaccin est d'autant plus
« efficace et assurée que son origine est moins éloignée
« de la source primitive prise sur la vache, et qu'en faisant
« repasser du vaccin par l'animal, on doit lui rendre sa
« première puissance.

« Quoiqu'il en soit, il serait bien commode et fort
« utile pour le vaccinateur de la campagne de pouvoir se
« procurer du vaccin pour ainsi dire à volonté et en grande
« quantité pour lui et pour ses confrères. »

Cette circulaire montre que les hommes les plus com-
pétents ont été d'accord pour demander à la pratique de
la vaccination un perfectionnement qu'ils reconnaissaient
nécessaire.

L'avenir seul pourra nous apprendre le résultat réel,
l'effet préservatif des vaccinations pratiquées par les nouveaux procédés.

Aujourd'hui nous ne pouvons constater que le succès
des inoculations en tant qu'elles produisent des pustules
vaccinales de bon aloi.

M. Marquézy, en nous annonçant qu'il a pratiqué des
inoculations sur 47 vaches, nous écrit :

« La vache nous fournit un vaccin qui, s'il n'est pas
« meilleur, est aussi bon au moins que le vaccin humain.
« Nous le prenons chaud et dans les mêmes conditions
« que de bras à bras pour le placer sur les individus à
« vacciner.

« Enfin, dans la campagne, les mères ont le préjugé
« que de prendre du vaccin à leurs enfants, c'est les

« épuiser ; à peine veulent-elles en donner pour quatre ou
« cinq enfants au plus. La vache en donne autant que nous
« voulons, car à Saint-Saens, j'ai, avec la même vache,
« vacciné 50 personnes, et à Mesnières, avec une autre
« vache, plus de 100 dans la même séance.

« Je note que les derniers vaccinés ne l'avaient jamais
« été, et que chez eux il s'est développé une éruption de
« pustules très-complète et très-belle.

« Je me propose de continuer cette année, je ne dirai
« pas les expériences, mais l'usage du vaccin animal. »

Dans une brochure publiée dans le but de justifier des
conclusions ainsi conçues :

« La vaccination sur génisse me paraît très utile, le plus
« souvent très opportune, très facile et nullement dange-
« reuse sous aucun rapport, »

M. le Dr Alfred Vy, d'Elbeuf, a reproduit, page 9, une
lettre de M. le Dr Hélot, qui peut ici prendre utilement sa
place :

« Rouen, le 15 juillet 1865.

« MON CHER CONFRÈRE,

« Vous me demandez ce que je pense des vaccinations
« animales. Je vous dirai que j'en ai fait bon nombre avec
« un succès satisfaisant.

« Le procédé par incision est plus douloureux que la
« piqûre, et le vaccin de génisse à génisse ou de génisse à
« enfant prend tout aussi bien lorsqu'il est placé sous
« l'épiderme par simple piqûre.

« Les insuccès reconnaissent pour cause la plus ordi-
« naire la manière d'enlever les pustules et de faire l'im-
« prégnation de la lancette. En effet, en enlevant la pus-
« tule, on divise une couche plus ou moins épaisse de

« derme, et, si l'on ne prend la précaution de mettre bien à
« découvert la pustule vaccinale développée dans le tissu
« aréolaire sous-épidermique, l'imprégnation de la lan-
« cette ne se fait pas. Mais, quand on a bien dénudé la
« surface profonde de la pustule, on voit, sous l'in-
« fluence d'une légère pression, suinter le liquide vaccin,
« qui facilement alors se dépose sur la lancette, sur des
« plaques de verre, ou s'introduit dans des tubes.

« J'en ai recueilli ainsi sur des plaques, dans des tubes,
« que j'ai envoyés à des confrères, et le vaccin a très bien
« pris, même plusieurs jours après.

« Le vaccin recueilli sur la génisse a tous les avantages
« de celui que l'on prend sur les enfants ; il se conserve et
« se transporte ; il a une pureté incontestable, et je con-
« sidère que les vaccinations animales sont un très bon
« moyen de reproduction du vieux vaccin dans sa pureté
« primitive.

« Je ne puis, mon cher confrère, qu'apprécier la persé-
« vérance avec laquelle, depuis quinze ans, vous pour-
« suivez vos utiles recherches.

« Je suis, etc. »

Ce fut dans ces conjonctures, au milieu de toutes ces
expériences qui surgissaient de la voie nouvelle dans
laquelle nous nous étions engagés, que le Congrès médical
de Lyon reçut communication de la méthode napolitaine
de vaccination.

Il y a cinquante ans, dit M. le Dr Palasciano, venu au
Congrès de Lyon, qu'un médecin de Naples, Galbiati,
ayant reçu du cowpox de l'un des comtés d'Angleterre,
par l'intermédiaire de l'ambassadeur de Naples à Londres,
l'entretint en inoculant chaque semaine une génisse. Ce
soin fut continué après lui. Les pustules sont recueillies et

délivrées à chaque médecin, qui les utilise au domicile des personnes à vacciner. Chaque pustule se vend 5 fr.; c'est ainsi que les frais se trouvent couverts.

M. le Dr Lanoix, de Paris, eut la bonne idée d'aller à Naples sur l'affirmation de M. Palasciano, et en ramena une génisse inoculée devant lui par le possesseur actuel du cowpox, M. le Dr Negri. — M. le Dr Lanoix a entretenu en France le cowpox en inoculant des génisses chaque semaine successivement.

La vaccination animale n'a donc pas été une entreprise éphémère, une expérience avortée, elle a pris rang dans la pratique et dans la science,

L'Académie impériale de Médecine lui a donné son approbation officielle, et S. Exc. le Ministre de l'Agriculture et du Commerce a alloué une somme de 6,000 fr. pour entretenir une vacherie vaccinifère et faire des expériences.

Une vacherie a été organisée dans le même but à Bruxelles; elle est dirigée par le Dr Warlomont.

Nous ne devions pas laisser échapper l'occasion d'expérimenter à Rouen la méthode napolitaine. J'ai sollicité M. Verrier aîné de profiter d'un voyage à Paris qu'il entreprenait pour ses affaires et de s'informer du degré de confiance qu'on attachait à la méthode napolitaine de vaccination.

Personne ne pouvait, aussi bien que M. Verrier, rendre le service d'amener à Rouen une génisse inoculée par M. Lanoix, de la recevoir dans son bel établissement, de la nourrir, de la soigner, de la vendre, d'en acheter chaque semaine une autre qu'on vaccinait avec la précédente.

C'était le 4 avril 1865 que le Comité de vaccine, convoqué à cet effet par son président, et les médecins de la ville, avertis par la voie des journaux, eurent à leur disposition la génisse inoculée à Paris.

Les scarifications pratiquées sous la mamelle de la bête offraient des pustules rangées en festons, et de ces pustules on recueillit abondamment du virus qui servit à vacciner avec succès plusieurs enfants; on employa indifféremment le procédé de la piqûre ou de la scarification avec la lancette.

Dès lors jusqu'au 29 mai, des génisses ont été inoculées de semaine en semaine chez M. Verrier et par lui-même, et elles servirent dans les séances de vaccinations publiques et gratuites à vacciner de nombreux sujets par les soins empressés et méritoires de MM. Lebrument, Bouteiller et Delabost. — Après la deuxième vérification, le 12 avril 1865, les membres du bureau permanent du Comité de vaccine écrivaient·à M. Lanoix une lettre qui résume parfaitement la situation :

« Monsieur et honoré Confrère,

« Un de nos collègues du Comité central de vaccine, « M. Verrier aîné, vétérinaire départemental, s'est pré- « senté chez vous au nom du Comité, vous avez bien « voulu lni faire l'accueil le plus empressé, le conduire à « Saint-Mandé, l'initier à tous les détails du procédé napo- « litain et enfin lui envoyer, quelques jours après, pour le « Comité, une génisse inoculée par vous et portant du « cowpox.

« Toutes les personnes vaccinées avec ce fluide, l'ont « été avec succès, et nous avons pu le reporter directement « sur plusieurs autres génisses qui ont servi à de nom- « breuses vaccinations.

« Nous sommes heureux , Monsieur et très honoré
« Confrère, de pouvoir confirmer par notre propre
« expérience les faits que vous avez avancés et nous
« verrions avec plaisir dans l'intérêt général que l'on
« continuât des inoculations successives qui mettraient
« les médecins a même d'avoir toujours du cowpox.

« Par le talent et le zèle avec lesquels vous avez intro-
« duit en France la connaissance exacte et précise du
« procédé napolitain , vous avez fait faire un pas à la
« prophylaxie de la variole ; par l'envoi d'une génisse
« au Comité de vaccine de la Seine-Inférieure , vous avez.
« rendu un service signalé à la population de ce dépar-
« tement.

« Veuillez en recevoir, par notre organe, les remercî-
« ments du Comité tout entier, et agréez l'assurance de
« nos sentiments confraternels,

(*Suivent les signatures des membres du Bureau
permanent du Comité de vaccine*).

Toutefois nous devons noter, pour établir l'historique
des faits qui se sont passés pendant l'expérimentation de
la méthode napolitaine de vaccination , qu'une opposition
assez vive s'est formée pour contester aux résultats qu'elle
a fournis la valeur que nous y attachons. Quelques insuccès, comme il en arrive toujours dans les expérimentations
sur une question nouvelle , insuccès que nous attribuons
à certaines défectuosités du mode de procéder de l'opé-
rateur plutôt qu'au procédé lui-même , ont été les bases
d'attaques contre la méthode napolitaine.

Mais nous avons assez longuement exposé les motifs de
notre complète adhésion aux expériences nouvelles pour
n'y pas revenir ; l'avenir nous apprendra si nous nous

sommes trompés. — Mais dès aujourd'hui le succès que la vaccination animale a eu à Bruxelles, à Lyon, à Paris et, selon nous, à Rouen, nous fait penser que nous sommes dans la voie de la vérité, en préconisant les méthodes nouvellement mises en pratique pour donner au vaccin une pureté et une efficacité sur lesquelles il ne puisse s'établir aucun doute.

En réponse aux arguments trop absolus et défavorables qu'on tirait de quelques insuccès que la méthode napolitaine a présentés à Rouen, M. Warlomont qui dirige à Bruxelles la vacherie vaccinifère a répondu avec beaucoup d'à-propos et de justesse :

« Je m'explique parfaitement les échecs qu'a subis la « la vaccination animale à Rouen et ailleurs. Il fallait, « comme j'ai fait, persévérer, chercher la cause et partant « le remède des mécomptes, et partout on aurait réussi, « comme je réussis aujourd'hui. »

M. Warlomont ajoute : « Le service régulier de la vac-« cination animale à Bruxelles ne laisse plus rien à dé-« sirer ; des génisses vaccinifères sont sans cesse à la dis-« position des médecins qui veulent s'y pourvoir, et les « vaccinations non réussies n'y sont plus qu'à l'état de « souvenir. »

En définitive, les expériences d'inoculation animale ont prouvé à Rouen, comme ailleurs, que le vaccin d'enfant peut retourner à la bête pour faire du vaccin pur de tout autre virus, ou *peut-être* refaire du cowpox ; ce fait important nous engage à dire, avec la savante Commission de Lyon (page 442 du *Journal Vétérinaire*) :

« Grâce à cette aptitude du vaccin humain à se trans-« mettre au bœuf, tout médecin pourra se mettre, dans

« ses vaccinations, à l'abri des chances d'infection sypihil-
« tique, sans avoir recours au cowpox spontané ou ino-
« culé, qui ne saurait être à la disposition de tout le
« monde ; il lui suffira d'inoculer une génisse avec du vac-
« cin ordinaire recueilli de bonne heure sur de belles
« pustules, et nous pouvons lui affirmer qu'en reportant
« sur l'enfant le *cowpox* ainsi obtenu, il fera naître une
« excellente vaccine. »

Nous terminons ici notre tâche, en osant dire que nous
croyons avoir accompli notre devoir dans le cours de
l'épidémie de variole qui a si malheureusement marqué
les années 1864 et 1865 ; nous croyons avoir honoré le
corps médical de notre département en le faisant entrer
dans le mouvement scientifique et en le mettant à portée
de connaître et de pratiquer une méthode de vaccination
qui est un progrès, et sera, nous l'espérons, un bienfait
pour l'humanité.

Nous nous estimerons heureux si l'autorité administrative qui nous a honoré de sa confiance et si nos maîtres
dans la science veulent bien nous accorder leur approbation, ainsi qu'ils l'ont fait en récompensant nos travaux
antérieurs.

Rouen. — Imp. H. BOISSEL.

www.ingramcontent.com/pod-product-compliance
Lightning Source LLC
Chambersburg PA
CBHW061639180626
46818CB00005B/2424